君偉上小學2

年級問題多

文　王淑芬

圖　賴　馬

開場

各位大、小朋友，不管你現在幾歲，你一定曾經、或目前正是、或將要讀國民小學。

這一套【君偉上小學】，就是以國民小學為背景的校園生活故事。

本系列一共有六本，分別是：

《一年級鮮事多》、《二年級問題多》、《三年級花樣多》、《四年級煩惱多》、《五年級意見多》與《六年級怪事多》。

你正在讀幾年級？最懷念哪一年級？歡迎認識張君偉與他的同班同學們，請大家陪他們一起歡笑、一起成長。

目次

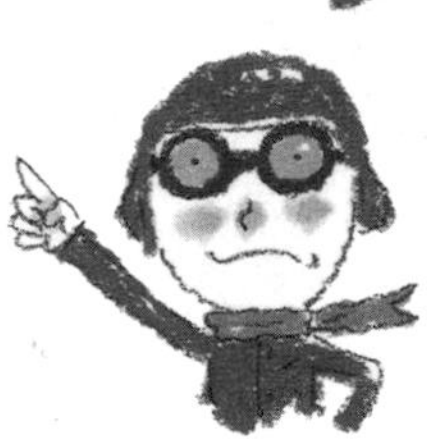

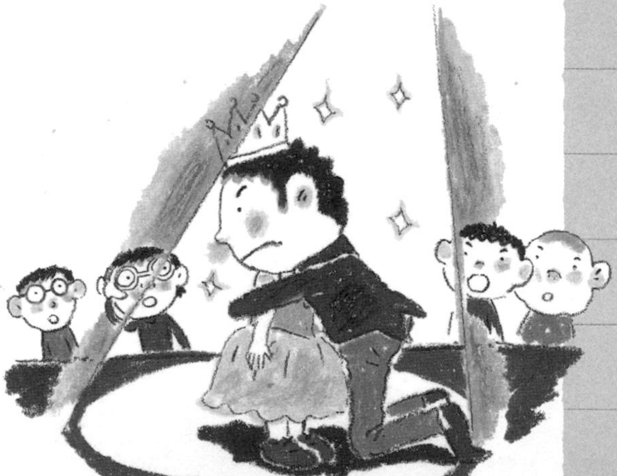

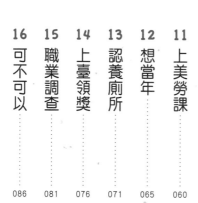

人物介紹

張君偉

「昆蟲」是我的最愛，我會自己查百科全書。我將來要開一家「昆蟲展覽館」，展出珍貴的「珠光黃裳鳳蝶」和「兜蟲」，兜蟲就是獨角仙。

張志明

奶奶和媽媽都叫我小猴子，有時是猴齊天，因為我的動作很靈活，常常跑得讓她們追不到，嘻嘻。

李靜

雖然我的頭髮很短，可是看清楚，我是女生，不是男生！我會跆拳道，武功很厲害，不要惹我，小心我給你一腿。我將來要當俠女，專門打抱不平，為民除害。

王婷

我是班長，不要講話，不然我就要記你的名字。我會彈鋼琴，也會跳芭蕾舞，參加過身心靈成長班。英文更不用說，我可以跟外國人conversation。我以後要當博士，至於是什麼博士，還沒有決定。

君偉媽媽

想當年我讀書時，是學校的校花；自從當了兩個孩子的媽，卻常常鬧笑話。我希望有一種學校，教人怎麼當「媽媽」，當個「不忙、不累、不急、不氣」，露著優雅微笑的媽媽。

二年九班林老師

去年我剛從大學畢業，是個新鮮老師，又教了一班新鮮人，害我每天長一顆青春痘。現在，我比較有經驗，那些寶貝學生再也整不倒我了。哎呀！誰在我桌上放一隻獨角仙？救命啊！

1 回想一年級

一年前，我帶著緊張、好奇的心情，進入一年九班讀書。第一天上課，在教室裡坐了好久，一直等不到吃點心，就生氣的跑出教室，對媽媽說：「我不讀了，一點都不好玩。」

沒想到，接下來的一年，天天都是鮮事一籮筐。搗蛋鬼張志明、管家婆李靜、「恰北北」班長、告狀大王林世哲，常常讓老師哭笑不得；每天回家，我都有材料可以向媽媽報告：「我們班今天很好笑喔。」

上學實在太有趣了。

不曉得上二年級會是什麼樣子？

2 暑假作業

一年級暑假結束的那一天，媽媽問我：「明天就開學了，暑假作業做完了吧？」

我拿出作業簿，小聲回答：「大部分都做了。」

媽媽接過去，打開來檢查，越往後翻，臉色越難看。「什麼？這一頁只寫兩行。」、「啊？這一頁都沒做。」、「老天，這一張全是空白！」她生氣的瞪大眼睛問：「我不是要你按照老師規定，每天寫一頁嗎？」

「可是，有很多題目我都不懂。」我回答。

媽媽的聲音越來越大：「那怎麼不問我呢？」

媽媽忘了，我問她的時候，她都說：「我很忙，去問爸爸。」爸爸則說：「我很忙，明天再問，反正暑假很長。」我翻開作業簿，開始緊張起來。

媽媽把我拉到書桌前，拿出鉛筆和墊板，說：「趕快寫，沒完成，不准離開。」又說，「幸好還有整整一天可以補寫。」

我打開作業簿，準備開始奮戰。但是，馬上遇到難題。

「貼一張和媽媽的合照，並用一句話來形容媽媽。」

我朝廚房大喊：「媽！要一張照片。」

媽媽拿出五大本相簿，找了半天，一直沒法決定用哪一張。「這張我太老了」、「這張穿得太隨便」、「這張的頭髮好亂」，媽媽好像對照片很不滿意，最後說：「你爸爸照相技術實在很差。」

接下來的是：「背一首唐詩給家人聽。」

「床前明月光，於是吃便當。一球千里木，更上一層樓。」我對著正在拖地的媽媽，大聲的背。

媽媽搖搖頭：「全背錯啦，亂七八糟。」然後說：「算了，算了。以後再教你。先拿來給我簽名。」

再來是：「種一盆植物，觀察它生長的情形，並畫下來。」經由媽媽的指導，一棵小白菜以飛快的速度在作業簿上播種、發芽、長出葉子，然後被煮來吃。

「幫忙做家事。」媽媽說這一項跳過，因為上次光洗一條手帕，我就用掉半塊香皂，外加玩一小時的「吹泡泡」，把浴室弄得一團糟。

媽媽對我真沒信心，我也可以幫忙洗碗啊。上一次，只打破一個碟子嘛。

「參觀展覽，並貼上票根，寫下感想。」

媽媽想了想，決定帶我到美術館、故宮博物院、歷史博物館和科學教育館，要讓我的暑假充滿「文化氣息」。

為了完成這份作業，爸爸請了半天假，開車帶著我們一口氣跑了四個地方。

傍晚，我們累咻咻的回到家裡，把所有的票根貼上，再用電腦列印相片，貼在簿子上。現在，我的暑假作業看起來相當精采。

爸爸說：「國內的旅行社，可以開發一條新的旅遊路線：暑假作業一日遊，保證熱門。」

媽媽則沒好氣的對我說：「明年拜託你早一點檢查自己的作業。」

其實根據老師的規定，媽媽必須每天檢查才對呀。

留言板

我們的暑假作業裡，有許多媽媽的作業。有時得幫我種花，有時要聽我唱歌。媽媽說她以前當學生時，有一堆作業；沒想到當了媽媽還有作業，真是寫不完的作業啊。

——君偉留

往好處想，「親子作業」可以讓孩子覺得爸媽真的很偉大。

——老師留

3 我讀二年級了

記得一年前，我是個迷迷糊糊的新鮮人，開學第一天，和媽媽到學校去，還緊張的把自己的名字唸錯了呢。

那時候，不知道學校到底是「恐怖堡」還是「快樂屋」，以為老師都是會打小孩屁股的怪物。後來，我讀了一年九班，認識許多新朋友，知道學校有許多好玩的地方，又有一位美麗溫柔的老師教我們。漸漸的，發現上學是件有趣的事。

過了一個長長的暑假，現在，我升上二年級了。

媽媽說：「真不敢相信你已經八歲了。想當年，你還在媽媽肚子裡踢來踢去。」這句話，她大概已經說過八百次了，而且下一段必定是：「還記得有一次換尿布，剛把你的腳抬起來，你『咻』一聲，又把自己的臉噴得全是尿。」

哎呀！我已經長大了，老說這些小時候的糗事，真難為情。

媽媽還說：「二年級了，應該懂事。在學校裡，你會學到更多有趣又有用的知識。認真一點，如果讀得太差，有可能會被留下來，再讀一年喔。」

爸爸提醒媽媽，現在已經沒有「留級制度」了。媽媽不高興的說：「如果太糟，也許家長可以申請自願降級啊。」

如果二年級真像媽媽說的那麼有趣，那麼，再讀一年又有什麼關係呢？

留言板

我們現在看到一年級的小朋友，都覺得他們好呆喔，看起來就是一副「一年級」的樣子。像有的人連上廁所都沒有關門，而且還蹲錯方向。

——君偉  留

有一個一年七班的還尿褲子，在廁所裡哭。

——張志明  留

張志明一年級時也尿過褲子。

——林世哲  留

4 換座位

開學了，我們回到學校，首先發現，老師沒有換，同學也沒有變，唯一不同的是教室換了；還有，蕭名揚更胖，張志明晒得更黑，林世哲的眼鏡更閃閃發亮。

老師帶我們走上二樓，告訴我們：「這裡是二年九班，是我們的新教室，大家要一起好好愛護，保持整潔。」

接下來，要安排座位了。我心裡暗暗得意，因為昨天我才量身高，知道已經長了兩公分。這下子，我可以不必跟李靜坐在一起了。我知道，老師是按照身高來排座位的。

李靜雖然是女生，嗓門卻很大，不輸給我家巷口賣臭豆腐的老伯。她又很愛管我，只要我丟一張紙屑在抽屜，她便開始罵：「你想把這裡變成垃圾場嗎？你不知道會引來蒼蠅、蚊子嗎？你想被三斑家蚊叮到得登革熱嗎？」

一張紙屑居然能引起登革熱，真是神奇！只有管家婆李靜才想得出。

想到等一下，長「高」了的我，不必再跟李靜排在一起，我就很高興。整個暑假，我每天喝三杯鮮奶，跳繩五百下，才換來寶貴的兩公分。「男子漢大丈夫」的體格，女生是絕對比不上的。

老師叫大家到走廊，按照高矮，男生一排、女生一排，我把頭抬得高高的，站在張志明前面。

天哪，排在我旁邊的，怎麼又是李靜？

「我怎麼那麼倒楣。」李靜竟然拉開喉嚨，大聲抱怨。

「我天天喝牛奶，去游泳，已經長高兩公分了。怎麼又是跟張君偉一樣高？」

唉，我也覺得，
真是沒道理。

留言板

其實我跟李靜本來並沒有「仇」；可是，因為我們玩遊戲時不同國，女生那一國每次輸了就罵男生，所以，後來我和她就有「仇」了。

——君偉

留

誰叫你們這些男生不懂事，玩遊戲都不知道要禮讓女生。

——李靜

留

5 縫名牌

今天，我的聯絡簿又被蓋個章了，因為晨間檢查不合格。

媽媽問我：「忘記帶手帕了，對不對？」

「不對，是忘記戴上名牌。」

「不是叫你把活動名牌放在書包裡嗎？」

我告訴媽媽：「全班只有我一個人用活動名牌，老師說，還是請您把名牌縫在制服上。」

媽媽皺起眉頭：「我是怕你被歹徒記下班級。唉，算了，算了。我來縫。」

說真的，這是我第一次看到媽媽拿針線。不到兩秒鐘，媽媽就大叫一聲：「哎喲！」然後將手指頭放進嘴巴裡舔，她被針刺到流血了。

「你們學校名牌真怪，這麼厚，好難縫。」

我趕快提醒媽媽：「您縫顛倒了。」

「怎麼不早說？」媽媽瞪我一眼，拿起剪刀拆掉縫了一半的名牌。

爸爸從書房走出來，搖搖頭

說：「你們這些現代婦女，連最基本的手工藝都做不好，真丟臉。」

媽媽嘟起嘴說：「明明是這塊塑膠名牌不好縫。」

爸爸低頭看著媽媽的傑作，大笑起來：「歪得真離譜。」

「光會批評，換你來縫好了。我已經被針刺了兩個洞啦。」媽媽又把手放進嘴裡。

爸爸捲起袖子，告訴我們：「讓你們見識本人的一雙巧手。」說完，便把制服放在大腿上，有板有眼的，一針一線縫起來。

「不錯嘛，挺整齊的。」媽媽在一旁稱讚。

「不是我愛吹牛，從小，你奶奶就常常誇我腦子好，手又巧。」爸爸縫到一半抬起頭，一臉笑咪咪的對我說。

名牌很快就縫好了，的確很端正，爸爸的手藝真不賴。

「好了，拿去。」爸爸把線頭剪掉，我趕快伸手接去。

「喀啦！」一聲，爸爸跟著大叫起來。

「巧手」的爸爸，把制服和他的褲子縫在一起了。

留言板

爸爸最喜歡DIY。上一次，浴室漏水，他拔掉水龍頭，想要自己修，結果水噴出來，我和妹妹足足玩了一天的水，真好玩。但是，爸爸卻不讓我「自己動手做」；比如我想自己出門去買東西，他都禁止。

——君偉留

6 撿到臺灣

我們班教室走廊，有一面很大的綠色板子，本來什麼也沒有。開學後不久，老師用厚紙板割成幾個奇怪的圖形，又塗上顏色，貼在上面。我們都看不懂那是什麼。

王婷告訴大家：「我爸爸說，只要是看不懂的圖，就叫抽象畫。這就是抽象畫。」

張志明說：「為什麼不叫抽牛畫、抽狗畫？」

王婷狠狠的瞪了他一眼：「沒水準。」

上課時，李靜舉手問老師：「為什麼要在走廊貼抽象畫，是不是表示我們班比較有學問？」

老師笑著揭開謎底：「那是世界地圖。對不起，因為厚紙板不太好割，有些形狀割得不太像。」

老師突然想到什麼似的，收起笑容，鄭重的向大家宣布：「學校規定，我們班負責這塊板子，千萬不要用手去摸，更不能讓別班的人來破壞。」

可是，第二天早上，我們就發現地圖被毀容了，有人在紙板的角落畫一隻烏龜。張志明偷偷告訴我：「一定是蕭名揚，我看他老是鬼鬼祟祟的在外面走來走去。」

我卻想起，本班最愛也最會畫烏龜的人，並不是蕭名揚。

第三天，「世界」的形狀又改變了一些。老師也發現了，很生氣的問：「有沒有人看到誰偷了『臺灣』？我貼的臺灣不見了。」

林世哲舉手報告：「昨天，好像有三個大哥哥一直站在那裡。」

老師真的很生氣。第二節下課時，我們聽到她從學校廣播室向全校報告：「請問，有哪位小朋友撿到二年九班教室外面的『臺灣』？請趕快放回去。」

可惜，我們的臺灣一直沒回來。最後，老師只好再補做一個貼上去。

留言板

讀大學時，我沒修過美術課。現在布置教室，只好拜託美術系的學弟幫忙。為了畫這些地圖，我已經請他吃過兩次牛排了。下個月輪到我製作「垃圾分類」海報，我的天，我不會畫垃圾啊！

——老師

留

7 尿液檢查

今天，老師發給每人一個小瓶子、一個紙量杯和一張說明書，叫我們帶回家，明天再將小瓶子交回來，裡面要裝上尿液。

老師才說完，大家就哇哇大叫。李靜說：「哎喲，髒死了。」

老師卻很嚴肅的說：「髒什麼？現在還有人喝自己的尿，說是可以治病呢，不過小朋友別亂學。」

老師又說明：「尿液檢查可以查出你的身體有沒有毛病，所以，每個人都要請爸爸媽媽幫忙，按照說明書上的指示來做。今天的回家功課，就是『裝一瓶自己的尿』。」

說明書上寫著：「晚餐不能吃太甜，需避免攝取含有維他命C的食物。採集清晨起床後的第一泡尿，而且要採『中段』。」

所謂「中段」，就是先尿出一些，然後用紙量杯接住一些，再用小瓶子吸上來。

媽媽搖搖頭，笑著對爸爸說：「這可是高難度的採集行動啊。」

爸爸開玩笑的說：「裝完瓶後，剩下來的，就給媽媽喝好了。聽說『童子尿』可以養顏美容，防止老化呢，丟掉太可惜了。」

那天晚上，為了避開維他命C和糖，我們吃的是「蛋炒飯」，只有米和蛋。

第二天醒來，媽媽便笑咪咪的捧著量杯，叫我：「趕快來尿。」

平時，我只要一用力，「超級大尿」便如「靈山飛泉」般，浩浩蕩蕩噴出來。可是，今天媽媽蹲在旁邊等著，我卻尿不出來。

「先喝杯水好了。」

媽媽一走開，我卻馬上尿了。

「拜託，拜託，尿慢一點。」

媽媽一聽到聲音，趕快捧著杯子跑回來接。

我的技術實在太差了，大部分的尿都灑在媽媽手上。但是，因為這泡尿實在

太珍貴了，所以媽媽仍然勇敢的拿著杯子，隨我的尿移動，想辦法接住一些。

當老師要我們交回尿液時，大家都摀著鼻子，從書包拿出來，只有張志明的瓶子還是空的。

老師和氣的說：「你到廁所去解決吧。」

過了不久，一個一年級的小朋友走到我們教室門口，哭哭啼啼的說：「嗚……老師，人家在尿尿，你們班的那個男生跑過來，嗚……搶人家的尿。」

老師的眼睛瞪得好大，氣呼呼的跑出去。

我們都聽到教室外面張志明的聲音，一直在說：

「我真的尿不出來嘛。」

留言板

君偉是男生，還好接「尿」；我們家妞妞是女生，那才真的叫「高難度採集行動」！

——鄰居鄭媽媽留

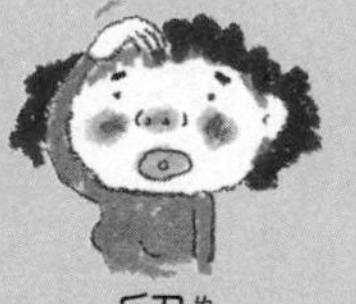

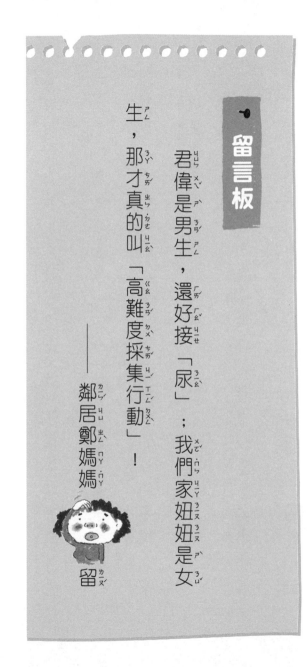

8 選市長

這幾天，學校非常熱鬧，許多五年級的哥哥姐姐到各班教室去演講；公布欄上也貼了很多印著照片的海報。老師說，下星期就是學校自治市長選舉，現在各班候選人正在到處拉票。這個活動的目的是讓大家知道民主選舉的過程。

中午吃過飯後，幾個大哥哥走進教室，其中一個大聲說：「拜託，拜託，請投三號一票。」另外一個則開始發糖果。我們好高興，顧不得聽臺上的哥哥說些什麼，打開糖果就吃。

老師忽然走進來，滿臉詫異的問：「二年級也能投票嗎？」發糖果的大哥哥一聽，

拍了一下自己的頭：「糟糕！走錯教室了。」然後向老師說：「對不起。」幾個人就急急忙忙走了。張志明還在後面大聲叫：「喂，沒有發到我啊。」

原來，二年級還沒有投票權。不過，每天朝會時，我們一樣得聽所有候選人的政見發表。

朝會從來沒有這麼好玩過，每一個候選人都使盡花招，費盡心思，想要吸引大家的注意。一號的助選員模仿電視節目裡的歌舞表演，邊唱邊跳著：「不要煩惱，投給一號就好。」二號一上臺就送大家「飛吻」，好像競選世界小姐，然後嬌滴滴的說：「投給我，才會使明天更美好。」

三號候選人說：「我如果當選，會叫我爸爸送兩臺冷氣機給圖書室。」大家都哇哇叫起來，一直大力鼓掌。下一個則保證：「我會請學校每學期都辦園遊會、體表會、校外教學。」臺下的掌聲更熱烈了。

接下來的候選人說：「如果不投給我，表示你欠缺明智的判斷力。」林世哲聽錯了，還問我：「什麼是胖大力？投票還要花力氣嗎？」

不過，我們最喜歡的是最後一位，因為他一上臺就摔了一跤。

老師告訴我們：「學校辦這個活動，是要大家學習民主精神。以後升上三年級，就可以參加投票。」

王婷的哥哥是七號候選人，她一直說：「請你們的哥哥姐姐不要投給他。」我問她：「為什麼？」她噘起嘴巴說：「我哥最壞了，他在家都欺負我。」

張志明小聲的對我說：「可惜我們不能投票，否則我一定投給他。居然有人會替我們欺負班長，這個人太偉大了。」

留言板

我爸爸是學校的家長會長，媽媽說我一定要選上自治市長，這樣我們一家都是「長」。請大家一定要投票給我。

——自治市長三號候選人 留

我媽媽一直很希望我當「長」，我以後可能也得參加競選，所以我現在必須趕快存錢買糖果。

——君偉 留

不可以買糖果送給投票的人，那叫賄選，是違法行為！

——王婷 警告

9 防空演習

今天是全天課。吃過中飯後，老師告訴大家：

「下午兩點，我們這地區要舉行防空演習。大家一聽到長長的警笛聲，就趕快蹲在桌子底下。現在，跟著我做一遍。」

老師教我們用大拇指摀住耳朵，其他四指蒙著眼睛，嘴巴還要張開來，再蹲到桌子底下。

這個動作太好玩了，全班鬧哄哄的吵成一團。張志明一直很興奮的說：「鬼來了，鬼來了。」還把桌子碰倒。

老師很生氣的說：「現在不是玩躲貓貓，這是練習怎樣保護自己。萬一敵人的飛機來攻打我們，或炸彈爆炸，就要像這樣掩護自己，才不會受傷。」原來是這樣。大家都說：「真刺激，好像在演戰爭片。」

下午上美勞課時，果然聽到一陣尖銳的聲音響起。老師馬上說：「快蹲進去。」

過了一會兒，李靜對老師說：「嘴巴好痠喔，可不可以休息一下？」

老師彎下腰來看看我們，小聲的說：「現在先把手放下，嘴巴也閉起來。不過，你們要知道，如果真的有緊急情況發生，就得這樣做。」

又過了一會兒，全班開始有講話聲音。老師小聲的說：「如果再吵，就請你們再張開嘴巴。」

然後又說：「聲音太大，敵人就會知道我們在哪兒。」

張志明接著說：「那樣炸彈就會炸到我們。」

老師瞪他一眼：「趕快閉嘴。」

大家都安靜下來了，可是教室越來越熱，有人忍不住拿出墊板搧風。

老師只好說：「還有二十分鐘才結束，你們可以用最舒服的姿勢蹲好，只是不許出聲音。」

可是，我們一直找不到最舒服的姿勢。所以，大家又亂成一團。

蹲在窗戶邊的林世哲忽然說：「校長來了。」

老師趕快說：「把嘴張開，眼睛和耳朵摀住。」

校長和學務主任走進來，我們趕快做出標準動作。學務主任拿起相機，準備替全班拍照，他對張志明說：「不要對著鏡頭比YA手勢。」

好不容易又聽到長長的警笛聲，老師說：「警報解除，可以坐起來了。」

大家又是拍腿，又是捶背，直說：「好累喔！」

老師問全班：「現在你們都學會了。請問，什麼時候要趕快摀住眼睛和耳朵，躲在桌子底下呢？」

大家都一齊說：「校長來的時候。」

留言板

如果在家裡聽到警報響，不知道要不要蹲在桌子底下，摀住眼睛和耳朵？（校長不知道我家，不會來檢查。）

——君偉

留

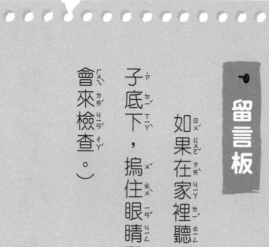

10 考了八十九分

快要期中考了，媽媽對我說：「兒子啊，如果你能考一百分，我就買恐龍模型給你。」

哇，那是我老早就想要的。

「不過……」媽媽卻又嘆了一口氣，「我知道那是不太可能的。」

真是令人洩氣。但是，我必須承認「知子莫若母」，我的確很少考一百分。至於原因，每次都一樣：粗心大意。

考試那天早上，媽媽千叮萬囑：「細心些，寫完一定要檢查，不要急著交，也不可以在考卷後面畫恐龍和獨角仙。」

我真的很細心，每一題都唸三遍才寫，寫完又再唸三遍，以防漏掉。結果，最後下課鈴響時，竟然還有三題沒寫完。我急得快哭出來，但是，考卷還是被排長收走了。

回家後，我向媽媽報告這件事。媽媽瞪著我，好像看到外星人：「怎麼會這樣？」然後便用力的洗碗，用力的炒菜，把廚房弄得叮叮咚咚響。

我知道媽媽非常不高興，但是我也沒辦法啊。我哪知道考試時間竟然那麼短？

晚餐後，媽媽終於鎮定下來了。她告訴我：「要把全部的試題做完才檢查，不是寫一題檢查一題。明天還有數學和生活，好好加油。」

數學我寫得很有把握。生活嘛，我覺得更簡單。

沒想到考卷發下來以後，數學一百分，生活卻是八十九分。

媽媽簡直快要跳上天花板了，她說：「太離譜了，哪有人生活考八十九分？」張志明還只有五十八分哩。可是我不敢說，因為媽媽一定會回答：「你又不是張志明。」

我拿出考卷，媽媽一題題檢查，很訝異的問：

「這麼簡單的連連看，你也寫錯？」

那一題是要我們把「人」和「他所做的事」連起來。

我把「老師」和「教書」、「賣書」、「收垃圾」全都連在一起。

媽媽搖搖頭：「賣書的是商人，收垃圾的是清潔隊員，怎麼會搞錯呢？」

「可是，我們老師也有賣書，也有收垃圾啊。」

媽媽看了看我，忽然大笑起來：「好吧，恐龍模型沒有了。八十九分的獎品是禁看兩天卡通。」

真倒楣。我還是想不透那一題為什麼錯？

留言板

我不但要賣書（課本）、要收垃圾（資源回收），還要幫小朋友量視力、做尿液檢查，當導護指揮交通，中午還幫忙發便當。我十項全能哩。

——老師 留

11 上美勞課

學校所有的課程中，我最喜歡美勞。大概只有美勞課，才沒有「對」或「錯」的分別。如果是數學，「五加五」我寫成「十一」，老師一定打個大叉叉。可是，就算我把「我的老師」畫得比「巫山老怪」還恐怖，老師也不會說：「你畫錯了」。

這學期開始，老師說她和隔壁班的黃老師交換教學，所以，我們班的美勞課由黃老師上，十班的音樂則由我們老師上。老師告訴我們，黃老師是學美術的，一定能把我們都教成小畫家。

我並不想當畫家。

但是，我好喜歡黃老師，她的教法和我們老師不一樣。我們老師總是說：「用彩色筆畫圖時要小心，不可以碰到水，會弄髒。」

可是，黃老師居然叫我們用彩色筆畫好後，再用水彩筆沾一點水在圖的邊緣塗抹，說會有「渲染效

果」。我畫了一隻熊，邊緣沾上水後，就變成一隻胖胖的毛毛熊，好有趣喔！

有一次，黃老師發給每個人一張色紙，然後叫大家揉成一團。我們就很用力的揉啊揉，最後再打開。哇！色紙上出現好多不規則的條紋。老師說：「想想看，你的色紙現在看起來像什麼？」我說像貼有瓷磚的浴缸，張志明說像烏龜的殼，蕭名揚則說像好吃的魷魚絲。我們把色紙剪貼起來，加上圖案，就成了一張特別的撕貼畫。

美勞課太好玩了。黃老師總會教我們做一些有趣的事：玩泥巴、扮家家酒、放風箏，或請一個同學當模特兒，大家在他臉上化妝，越有創意越好。上次，我偷了媽媽的敷面霜帶去學校，塗在林世哲臉上，使我們這一組得到「最佳恐怖效果獎」。張志明問我：「你媽媽晚上都是這個樣子嗎？」我告訴他：「不一定，有時塗白色，有時塗綠色。」張志明則說：「我媽媽比較好玩，她是貼小黃瓜和檸檬片，有時塗麵粉。」

老師笑著說：「那是大人臉上的美勞課。」

如果天天都有美勞課，那該多好。

留言板

我也很喜歡上美勞課，有一次，我忘了帶彩色筆，跟林世哲借，他只肯借我黑色和綠色，我只好把「我的老師」畫成「包青天」。可是，老師也沒罵我，還說我「用色大膽，有創意」。

——張志明

留

12 想當年

我越來越不喜歡問爸爸數學題目了。每次，我一問他，他總是在教完後，加上一句：「這麼簡單的題目，你怎麼都不會寫？想當年，你老爸的數學都是一百分。」

張志明告訴我，他的爸爸也常常這麼說，不只數學，連「國語、社會、自然」（注）統統都是一百分，比我爸還厲害。蕭名揚說他老爸以前都當模範生。林世哲更不得了，他爸爸小學都是考第一名。

唉，我們都覺得很對不起自己的爸爸。張志明卻說：「我想，一定是以前的功課比較簡單。因為我爸爸常說他小時候，玩彈珠、去游泳、烤地瓜，一天到晚在外面撒野。你們想想看，整天玩，還能考一百分，一定是題目很簡單。」

真是的，為什麼現在的老師要出這麼難的題目呢？我們真是苦命的孩子，才不像媽媽說的「現代的

小孩，命都太好了」呢。

昨天，我們回到奶奶家。爺爺一看到我，就問：「考試有沒有第一名？」我搖搖頭，不好意思的說：「只考二百九十五分。」

爸爸馬上附加說明：「君偉就是太粗心大意，有一題居然漏寫，真是糟糕。」

奶奶摟著我說：「沒關係，下次注意一點就好。」

爸爸偏又繼續教訓：「他幾乎每次都粗心，叫他寫完一定要檢查，總是講不聽。」

「二百九十五分還不錯啦。偉偉，你想要什麼獎品？」爺爺最好了，我跑過去，拉著他的手，正想說

「我要獨角仙的標本」時，爸爸卻馬上說：「不要那麼寵他，沒有滿分，怎麼能給獎勵呢？」

「小孩子嘛，不要太早給他壓力。」奶奶笑咪咪的替我解危。

爸爸嘆了一口氣說：「從小基礎不打好，以後長大怎麼辦？」

爺爺卻突然大笑起來：「這句話，真耳熟啊。不就是我以前常說的嗎？」

奶奶也哈哈笑著說：「是啊，你小時候，也常粗心大意，老是被爸爸罰跪，還記得嗎？」

爸爸的臉紅起來了。媽媽則笑得眼淚都流出來：

「他還常告訴君偉，說自己小時候多風光哩。又是一百分，又是市長獎的。」

爺爺敲敲我的頭說：「你爸爸畢業時，領的是市長獎沒錯。不過，在五年級時，數學還常考八十分，我每晚陪他做題目，教得我快氣死了。」

爸爸的臉，已經紅得像煮熟的螃蟹了。

注：以前小學一、二年級有自然、社會課，現在合併為生活課。

留言板

我很想看爸爸的獎狀，既然他小時候都考滿分，一定會有獎狀。可是，爸爸說，那麼久以前的紙，早就爛掉了；而且，搬家時也全弄丟了。嗯，我一定要把現在的獎狀好好珍藏著，將來要教訓後代子孫的時候，才有真憑實據。

——君偉留

13 認養廁所

前陣子，我在電視上看到有家大公司「認養」地下道，另一家公司「認養」公園。不久，學務主任就在朝會時告訴我們，本校也認養了校門口的公車站，今後，只要經過那裡，看見有紙屑就必須撿起來。

回到教室後，老師解釋：「認養的意思，就是去關心我們居住的環境，保持它的衛生與整潔。」

幾天後，校長便在朝會規定，每個人都要認養學校一個地方，好讓全校每個角落都很整潔，然後，我們學校就會乾淨得不得了，成為「模範學校」，別的學校學生都會很羨慕我們。

我們聽了，都挺起胸膛，又得意又神氣，恨不得馬上開始「認養」。下課時，大家立刻圍在一起討論每個人想要認養的地方。

蕭名揚首先說，他一定要認養合作社（注），因為他每節下課都會去買東西吃，這樣比較方便。

李靜說她想要認養秋千：

「誰敢搶，我就給他好看。」

林世哲最小氣了，他只想認養自己的抽屜。

張志明卻讓大家都嚇一跳，他說：「我要認養廁所。」

後來老師告訴我們，二年級不必「認養」，只要把自己的教室掃好就可以了。

第一節下課時張志明說：「我堂哥認養了一間廁所，不過他是被逼的，因為全班他數學考最差。」

他帶我去找他堂哥，只見廁所門口站著一個五年級的男生，凶巴巴的說：「不准進去，現在認養的人正在打掃。」

第二節下課再去時，又是那個男生說：「不准進去，認養的人正在倒垃圾。」

第三節下課時，變成：「我們已經掃乾淨了，不准進去，會弄髒。」

張志明只好在門口喊他堂哥的名字。

他堂哥拎著水管跑出來，對門口的男生說：「不要緊，這是我堂弟。」同時問我們：「要不要進來一起玩水？」

現在，我知道張志明為什麼想要認養廁所了。

注：從前小學設有「員生消費合作社」，販賣簡單文具與點心飲料，目前大多數學校已無設置。

留言板

我哥哥也是認養廁所，他也是被逼的，而且是認養到「教師用」的廁所。他說有一次看到一位老師上廁所出來後忘記把門關好，是他幫忙關的。

——李靜 留

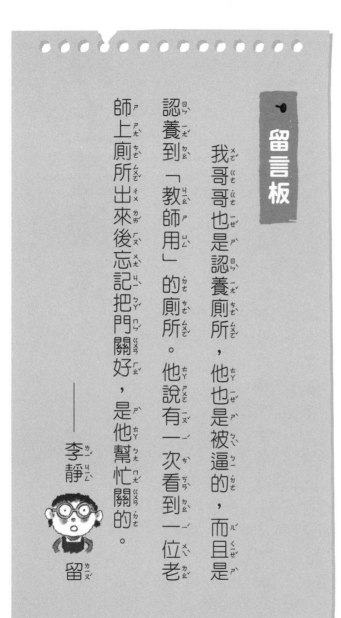

14 上臺領獎

還記得黃老師第一次到我們班上美勞課，快下課時，她將每個人的作品都貼在黑板上，讓大家欣賞。其中有一張最特別，全班都被它吸引住了。

它畫得滿奇怪的，顏色也十分鮮豔。黃老師告訴我們：「這一張充滿創意，線條非常大膽，我決定給它九十五分。」

「哇！」全班都叫起來。當張志明舉手說那一張是他的作品時，王婷叫得更大聲了：「老師，張志明數學只有五十九分。」

「數學不好，並不表示美勞就一定不好。每個人都有自己的專長。」

黃老師一邊說，一邊拍拍張志明的肩。張志明吐吐舌頭，做了個鬼臉。

星期二，老師派張志明去參加學校的繪畫比賽。張志明回來教室後，很高興的對我說：「我故意畫久

一點。剛才，老師抽背九九乘法，對不對？」

每星期一，全校集合在操場舉行朝會。今天的朝會，校長說要頒獎給美勞比賽得獎的小朋友。

當校長唸到：「二年級特優張志明」時，全班又「哇」的叫了出來。只可惜，張志明因為數學習作沒寫完，所以在教室補寫。老師叫我代替他上臺領獎。

我趕快跑出去，站上講臺。校長拿著麥克風，摸著我的頭，告訴全校：「這個小朋友，一看就知道是很聰明、肯努力的孩子，

難怪會得獎。你們要向他多學習。」他拿起獎狀，看了看，繼續說：「張志明，嗯，很好，恭喜你。你是大家的好榜樣。」

全校都為我這個「假張志明」鼓掌。校長又摸了摸我的頭。

掌聲那麼熱烈，可是，我卻一點也不高興。

留言板

我從一年級就開始上繪畫班，可是，美勞成績卻輸給張志明，真氣人。

——王婷 留

可是，我的國語、數學以及「恰北北」的能力都輸你呀，嘻嘻。

——張志明 留

不必比來比去。

——老師 留

15 職業調查

朝會後，老師拿著一張表格走進教室，說是要調查每個家長的職業。

「大家先好好想一想，你的爸爸在什麼地方上班，當我唸到那一項時，你就趕快站起來。」老師向我們說明等一下要做的事情。

首先，她在黑板上寫了「軍」。結果，全班只有林世哲站起來。

老師問：「你的爸爸是哪一種軍人？」

「不是啦。」林世哲推了推眼鏡，說，「他是在賣軍人穿的衣服。」

「賣東西的應該叫商人。」老師很和氣的向全班解釋。

林世哲趕快坐下來。

接著，老師在黑板寫了「商」，班上有很多人都站起來。

老師一個個問這些同學，爸爸都做些什麼生意。王婷的爸爸在賣汽車，李子強家開服裝店。張志明也說：「我爸爸出海去捕魚，然後抓回來賣。」

老師想了想，說：「抓魚抓蝦的工作，應該屬於漁業。」

張志明趕快坐下來。

老師接著寫「漁業」。

張志明和蕭名揚一起站起來了。

「蕭名揚，你爸爸每天都來接你回家，怎麼可能是漁業？」

蕭名揚吞了吞口水，慢慢說：「學校後面那家『天天來釣蝦場』是我們家開的，裡面也有魚。」

老師好像很煩惱的樣子，皺起眉頭，嘆了口氣說：「現在抄聯絡簿。回家後請爸爸自己寫『職業』是什麼。」

留言板

我爸爸開計程車，人家叫他開去哪裡，他就去哪裡，不可以自己亂走。可是他卻說他是「自由業」，真奇怪。我覺得老師才是「自由業」，他們想怎樣就怎樣。

——李靜留

你們在吵鬧時，我可以不上課，一走了之嗎？老師也不能「想怎樣就怎樣」啊。

——老師留

16 可不可以

這是我的新發現，是一個「天大」的發現。我發現，每當媽媽在講電話，尤其是跟江媽媽聊天時，便是她最慈祥大方的時候。

「哎呀，我跟你說，上次跌到三千點的時候，我就……」媽媽講得口沫橫飛，比手畫腳。電話那一頭

的江媽媽一定也是一樣。

我趕快把握良機，走到媽媽面前，小聲的說：「我可不可以看一下下卡通？」

媽媽看我一眼，點點頭，用力揮揮手，要我趕快走開。

我開心的打開電視；媽媽講多久，我的「一下下」就有多久。

「還說呢。上次我在菜市場看到一模一樣的，只要兩千七。」這是媽媽和江媽媽在交換市場情報。這時候，我只要走到媽媽面前，再小聲的問：「我可不可以吃冰棒？」媽媽一定又會瞪我一眼，點點頭，揮手叫我離開。

我快樂的打開冰箱。媽媽講多久，我就吃多久。因為我又不是問：「我可不可以吃『一枝』冰棒？」

可惜，「好花不常開，好景不常在。」這是我最近學到的成語。有時，我看得太入神了，連媽媽已經放下話筒，走進客廳都沒發覺。媽媽會很

生氣的關掉電視，罵我：「一天到晚看電視，不久一定得近視。」

我哪有「一天到晚」看？我只不過配合媽媽講電話的時間，看「一下下」而已呀！

留言板

以後，我兒子想要看多久電視，吃多少冰棒，我都會答應。

——君偉

留

以後你就知道。

——君偉媽媽

留

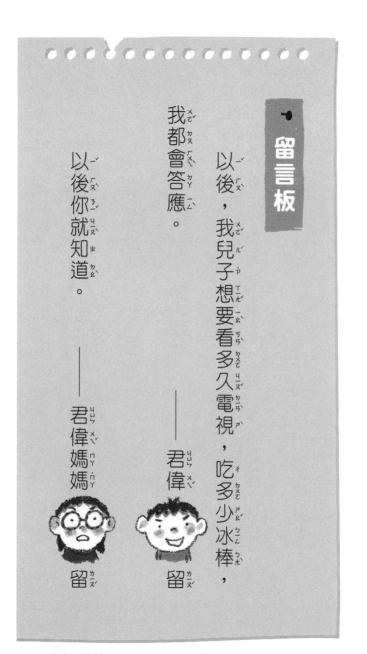

17 二年十八班

一樓最靠近廁所的教室，非常奇怪，明明掛著「二年十八班」的牌子，可是，和我們班的教室卻大不相同。

我和張志明常常在下課時跑去那裡探險，假裝要上廁所，慢慢的從走廊經過，順便看看裡頭的人在做些什麼。

當我們看到教室裡各式各樣的玩具、沙發椅、彩色的櫥櫃，還有電視時，忍不住抱怨：「太不公平了，我們教室都沒有。」最奇妙的是，裡面居然還有一間廁所。

張志明說：「真倒楣，我們怎麼沒被分到二年十八班？上廁所多方便啊。」

後來，老師告訴我們：「不是每個人都可以讀二年十八班。得由老師提出名單，經過測驗，決定該不該進特殊班才行。」

等到我們知道二年十八班原來是「特教班」時，張志明改說：「好險，我不必讀那個班。」我也發現，二年十八班只有七個學生，卻有兩位老師上課。

有一次，我們還看到一個學生躺在地上打滾，老師怎麼拉都不肯起來呢。

老師說：「他們都是生了病的，特別需要別人照顧。你們應該試著和他們做朋友，幫助他們。」

說實在的，我們根本不知道怎麼和他們做朋友，他們的教室離我們太遠了。

後來，我和張志明終於也交到一個十八班的朋友了。有一次，我們經過走廊時，張志明突然鼓起勇氣，朝裡面喊：「哈囉。」沒想到，一個理光頭的大個子，居然也咧開嘴巴，對我們說：「哈囉。」他笑得好開心的樣子。

從此，我和張志明總喜歡在下課時，跑去十八班找「哈囉」。其實，我們什麼也沒做，就是打一聲招呼而已。我們甚至連那個「哈囉」叫什

麼名字都不知道。可是，如果有一天沒看到他，我們都會覺得怪怪的。張志明甚至還會問：「他會不會生病了」呢。

留言板

我現在的志願是當開飛機的飛行員，「哈囉」的志願不曉得是什麼？

——張志明留

18 煩惱得不得了

上課鐘響了，每個人都急忙跑進教室。這一節課，老師要平時測驗。

「現在開始考聽寫，我唸一句，你們寫一句。」

大家都很緊張的握住筆，盯著老師看。

「第一題，吃得飽。」老師一唸完題目，大家馬上低下頭來寫。

「第二題，跑得快。」

「第三題，美麗的花。」

老師才唸完，蕭名揚忍不住舉手問：「怎麼都有『的』？」

老師點點頭說：「我就是故意考你們『的』和『得』的用法。要分清楚喔！」

「第四題，我的家。第五題，慢慢的走。」

答案紙交出去以後，大家就在一起討論。

王婷說：「只要有動作的，就用彳部的『得』。」

蕭名揚很高興的拍拍胸口：「好險，剛才『慢慢的走』，我就寫『得』。」

王婷瞪他一眼：「錯啦！是白部的『的』。」

得
的

「你不是說有動作的就是……」

蕭名揚的話還沒說完，王婷便拍了一下他的腦袋瓜：「動作要在前面才是『得』。」

什麼前面後面，我全搞迷糊了。

老師對我們的「的」、「得」，一定很不滿意。第三節課時，她花了很長的時間，告訴我們如何分辨「的」和「得」。可是，聽了半天的「形容詞」、「動詞」、「用來形容動作」，我卻越聽越糊塗。

媽媽有更妙的點子，她教我用閩南語說說看，如果是「ㄍㄚ」的音，就寫「得」；「ㄟ」的音，就寫「的」。問題是，我得先把閩南語學好才行啊。

發明「的」和「得」的人到底是誰呀？害我現在拿起筆來，總要想半天才敢寫字，而寫下來的，又常常出錯。

「君偉，快樂得不得了，怎麼寫成快樂『的』不得了？」媽媽看著我，不高興的問。

什麼「快樂得不得了」，應該是「煩惱得不得了」才對。

留言板

因為老師考「的」、「得」的用法，只有我和張君偉考一百分，所以老師又花了整整一節課來教，然後問大家：「懂了沒有？」我們都很專心的寫，大聲回答：「懂了。」後來，老師再考一次，結果全班沒有人一百分，我也沒有。

——王婷

留

19 放假

當老師告訴我們，今年的兒童節、清明節，加上彈性放假，總共有五天時，大家都大聲歡呼起來。張志明說：「太棒了，我們可以好好玩個夠。」王婷很神氣的說：「我媽媽早就辦好手續，要帶我出國去玩。」

放假的前一天，抄好聯絡簿後，老師開始叮嚀我們許多事情。

「這麼長的假期，你們打算怎麼過？」老師笑著問大家。

我第一個舉手：「去海邊玩水。」

「哎呀，海邊太危險了，你們知道臺灣每年因溺水而死亡的有多少人嗎？況且，現在海邊都被汙染了，到處是垃圾。」老師好像跟海邊有仇，我們立刻打消去海邊的念頭。

林世哲這個馬屁精馬上接著說：「對，不要去海邊，應該在家看書，背九九乘法表。」

老師卻搖搖頭：「好不容易放假，別又悶在家裡。成天看書，眼睛會近視。」

「我要和朋友去公園玩。」李靜大聲說。

「小孩子千萬不可以單獨去公共場所。」老師皺起眉頭，「現在外面歹徒很多，公園是他們最常做案的地方，還是少去。」

蕭名揚又說：「我打算和堂哥去看電影。」

「一定要請爸媽替你們選片子，很多亂七八糟的電影根本不適合你們看。」老師這麼一說，蕭名揚就嘟起嘴來。

王婷說：「對了，應該到圖書館去看課外書。」

可是，多數人的家離圖書館很遠，得搭公車才能到。老師怕我們在路上走，或者自己搭車，可能會遇到危險。

「不如，在家幫忙做家事，做點運動，看看有益的課外書。如果想出門，一定要大人帶著。」老師做了結論。

但是，最大的問題來了，我們有些人的爸媽並沒有放五天假，他們還得上班。所以，想要出門，真是門兒都沒有。

老師只好說：「不論如何，放假期間如果在家裡，記得不要亂開門；陌生人打來的電話，不要理他。不可以玩火，不要成天看電視、打電動玩具、看漫畫書。」

張志明小聲說：「還是不要放假好了。」

留言板

老師最好教導我們，放假的時候該做些什麼，讓我們抄在聯絡簿上，才不會整天無所事事，讓寶貴的光陰白白的浪費掉。

——林世哲

留

20 選模範生

「張志明，你再講話，我就再打一個╳。」晨間活動時，老師還沒到教室，全班亂成一團，王婷在講臺上記名字。

「不要記啦。你那麼凶，都不友愛同學，怎麼可以當模範生？」張志明大聲抗議。王婷一聽，氣呼呼的回到座位，趴在桌上哭起來了。

昨天，老師才宣布，因為王婷功課好，又負責任，可以考慮選她當模範生。這下子，模範生的獎狀還沒領到，她的哭聲倒可以先得「驚天動地獎」。

李靜衝到張志明面前，拍了拍他的桌子：「我們女生當模範生，你嫉妒是不是？」

才說完，老師便走進來，詫異的問：「怎麼回事？」

李靜趕快向老師報告。

老師走過去安慰王婷，然後問大家：「選王婷當模範生，誰有意見？」

大家都沒有聲音。

老師想了想，說：「這樣好了，我們用提名表決的方式，你們自己來選。」

「每個人都可以提名，然後說說這個人的優點。看看誰最適合當模範生。」

蕭名揚首先舉手說：「我要選張君偉，他常常自願去提水。」我一聽，臉馬上熱起來。提水是因為可以順便玩水呀。

張志明接著說：「我選林世哲，他已經把九九乘法表背熟了。」

陳珊珊則說：「王婷都考第一名，我選她。」

老師好像很煩惱，叫大家先暫停，然後提醒我們：「模範生就是能當大家的榜樣，也就是每個人都想和他一樣。你們想想，你最想和誰一樣？」

沒想到，好多人一起說：「張志明。」

老師聽到這個答案，好像嚇一跳，連忙問大家：

「為什麼？」

「他個子高，不怕被人欺負。」

「他都不用上才藝班。」

「他的圖畫得很好。」

「他跑得很快，玩貓捉老鼠都不會『死』。」

「他說老師不在時，講講話又不會怎樣。」

「他考不及格，他媽媽也不會管他。」

老師好像又被嚇一跳，說：「你們認為這就是模範生？」

張志明則大聲說：「我才不要當模範生，要去跟校長合照，嚇死人了。」

是啊，模範生有什麼好？讀幼兒園時，我也是模範生，結果媽媽成天說：「模範生怎麼可以賴床？」

「模範生怎麼可以欺負妹妹？」

多不自由啊！

留言板

我要選老師當模範生，因為她會背九九乘法，又很乖。

——張志明

留

21 體育表演會開始

體育表演會的前一天，我們都說：「希望明天是個晴朗的好天氣，可以熱熱鬧鬧玩一天。」如果下雨，體育表演會就要延期，那多掃興啊。

晚上，我坐在電視機前，目不轉睛的看氣象報告，當聽到臺北地區是晴天時，真是高興極了。爸爸笑我說：「你比校長還緊張。」

期待已久的體育表演會終於開始了。首先是全校學生繞場一圈，經過司令臺時，還要向校長敬禮。

操場上到處是氣球、彩帶，又熱鬧又好看。輪到我們班出場，許多人的爸媽都圍在旁邊拍照。排在我前面的林世哲，不知怎麼的，突然走得很奇怪，右手和右腳一起舉起來。

王婷喊口令時，可能是太緊張了，「向右看」喊成「向右轉」，害全班亂了起來，不知道要不要右轉走到司令臺上面去。幸好，老師趕快叫我們：

「繼續往前走。」我們才安心的往前走。

等到全校都集合在大操場時，校長開始說話了。他說了很多話，可是我只聽到一句：「小朋友先不要講話。」

因為是晴朗的好天氣，所以太陽非常的大，非常的亮，非常的熱。我的額頭、背上全是汗。已經有四個人說完話了，我們都等著校長說：「現在，我宣布體育表演會開始。」可是，校長一開口，又是：「接著，我們再以熱烈的掌聲，歡迎貴賓為我們勉勵。」

六個大人勉勵完我們後，我已經站得汗流浹背，腰痠腳疼了。

我小聲的對張志明說：「希望明年的體育表演會下大雨。」

張志明則說：「最好颱颱風。」

臺上的人還在講話，底下的學生講得更大聲。我們的體育表演會，真是又「熱」又「鬧」。

留言板

社區家長和小朋友能齊聚一堂，真是太好了，比我上次辦政見會來的人還要多，學校辦體育表演會很有意義。

——貴賓

留

22 又參加說故事比賽

由於一年級時，我曾經參加過「說故事比賽」，老師認為我很有經驗，她說：「你的媽媽最認真，幫你準備得很好。」所以，我再度被派去參加「二年級說故事比賽」。

媽媽知道以後，又開始興致勃勃的到書房去找書。但是，我馬上提出抗議：「我不要再背書上的故事，講起來好呆板。」爸爸也覺得讓我自由發揮比較

理想。媽媽不高興的說：「你們以為我閒著沒事做嗎？好吧，你可以自由準備，我不管了。」

爸爸叫我根據題目，自己編一個故事。他說：「自己創作的，反而比較吸引人，而且不容易忘記。」

打定主意「不管」的媽媽，這次沒有強迫我喝枇杷膏，也沒有教我比動作。而且，每次我在練習的時候，她就躲進書房裡看自己的書。只不過，原來冰箱裡總是放著冬瓜茶或檸檬茶，不知道從什麼時候起，統統都換成泡好的枇杷膏，我不想喝都不行。

比賽那一天，我站在臺上，按照老師的指導，很有禮貌的向大家鞠躬：「各位評審老師，各位小朋友。」正說著，突然看見校長走進來，我趕快再加上：「各位校長」，不知怎的，全場的人大笑起來。我一慌，自己編的故事馬上忘了一大半，便站在臺上盯著自己的皮鞋看。

評審老師小聲的說：「不要緊張，用自己的話來講。」我努力的想，拚命的想，用力的回憶，終於被我記起來了，趕快一段段說下去。說著說著，往臺下一看，竟然看到一個人，嚇了我一大跳。我的媽媽正拿著相機站在最後面，睜大眼睛看著我。

這下子，我又忘了下一句是什麼了。

「嗯……所以……我們……所以……」我結結巴巴的說著。忽然，看到媽媽舉起手，比一個手勢，對啦，我懂了，我趕緊接下去說：「應該學習天牛寶寶的精神。」

好不容易，這個故事終於在媽媽不時的比手畫腳之中講完了。

回家後，我問媽媽：「您怎麼那麼厲害？我要說什麼，您全知道。」

媽媽得意的說：「我是你老媽。你肚子裡有幾條蛔蟲，我會不知道嗎？」

爸爸卻哈哈大笑的揭曉：「每天晚上你練習時，我們家偉大的媽媽都在書房裡，偷偷的一字一句跟著你背哩。」

留言板

我覺得當張志明比較好，因為他的媽媽不會幫他準備，所以他就不用去參加比賽。可是，話又說回來，可能就是因為他沒有參加比賽，所以他的媽媽才不管他吧。

——君偉留

23 選家長委員

去年，王婷的爸爸被選上家長委員。她常常帶著通知單回去，然後告訴我們：「這一定又是和校長一起吃飯的通知單。」我們又是好奇又是敬佩，很想知道校長吃飯時是什麼樣子。

不過，王婷也沒見過，因為，這樣的「吃飯會」只有大人能參加。張志明很不以為然的說：「其實校長也跟我們一樣，會吃飯、會上廁所的啦。」林世哲馬上說：「喔，你說校長的壞話，我去報告老師。」

今年，老師又發下單子，叫我們帶回家請爸媽圈選家長委員代表。老師說：「去年，你們彼此都不認識，所以由我直接推薦王婷的爸爸擔任。現在應該由你們的父母自己來選。」

我很想叫其他人選我爸爸。想想看，能和校長一起吃飯，多麼神氣呀！

回家後，我高興的告訴爸爸這個好消息：「張志明、蕭名揚和林世哲都說願意選你。」爸爸卻一副被嚇壞的樣子，大聲說：「兒子，你想害我嗎？你以為我們家財萬貫啊？」

原來，當家長委員的條件，就是最好要有錢。不但「吃飯會」的錢要自己出，另外還得捐錢給學校，協助辦活動、買設備。

第二天到學校，我趕快叫那三個人把我爸爸的圈擦掉。我爸爸連買恐龍模型的錢都沒有（這是他說的），怎麼可能再捐錢給學校買電視呢？

老師卻說：「不一定要很有錢才能當家長委員，

只要願意為大家服務，有熱誠的，都可以。有錢出錢，有力出力。」

除了擔任家長委員，也可以自願加入學校的志工隊，一樣是為全校師生服務。我們學校有不少愛心媽媽、愛心爸爸，還有愛心爺爺呢。

李靜的媽媽就是愛心媽媽，我覺得她比王婷的爸爸神氣多了。王婷的爸爸得自己花錢請自己吃飯；而李靜的媽媽每天早上都戴著紅色臂章，在校門口指揮交通，每個小朋友看見她，都要向她打招呼：「導護媽媽早。」

有一次，李靜對我說：「你看，我媽媽像不像警察？她昨天晚上練習如何指揮交通練好久。」

能出錢買電視給小朋友看很不錯，但是，沒有錢，能出力也很好啊。我應該鼓勵媽媽也去報名參加「愛心媽媽」。

爸爸也說：「校長應該請你媽媽去幫忙管理學校的衛生。保證像我們家一樣，一隻蟑螂也活不了。」

留言板

我想了想，還是覺得媽媽在家服務就好，我不希望她到學校服務。因為她如果看見我學校抽屜的真實情況，應該會昏倒。

——君偉

留

24 說話難

早上，隔壁班的班長跑來向我們老師報告：「黃老師放在桌上的十塊錢不見了，『凶手』沒捉到。」

老師笑著對她說：「真的呀？不過，偷東西的人不叫『凶手』，叫『小偷』。」

「喔！」那個班長點點頭，「那麼，我的弟弟就是天下第一號小偷，一天到晚偷尿尿。」

老師又笑著說：「他只是還不能控制啊。」

說真的，自從開始讀書，學了很多生字、新詞後，照理說，應該可以把話說得更清楚；可是，我卻覺得越來越不敢隨便開口，一不小心，就會被大人嘲笑。

比如那天，我看見客廳插的玫瑰，花瓣掉了一地，就說：「這些花都落伍了。」媽媽卻說：「落了就落了，不能說落伍。」我嘟著嘴抱怨：「您都不懂我的芳心。」媽媽笑著說：「小男生哪有什麼芳心？」

我們班有一對雙胞胎，那個哥哥常欺負弟弟，我很為他抱不平：「哥哥是長輩，怎麼能欺負弟弟？」媽媽又搖搖頭笑起來：「雙胞胎哥哥才不叫長輩。」「你們『大人』都愛怎麼講就怎麼講，我們『小人』就不行。」我向媽媽抗議。

媽媽摟著我，溫柔的說：「有些詞有特定的用法；像『跟不上』才叫『落伍』，女人的心叫『芳心』，不可以亂用。好啦，別嘟嘴了。等一下，帶你去野餐。」

「哇，好耶！」我大聲歡呼，「那麼野餐『野』完了，就去游泳池玩『跳水』，或是到海邊玩『跳海』，好不好？」

媽媽又大笑出聲：「天哪，你們這些『小人』真會亂造詞。」

留言板

造詞的人應該要替我們小孩子設想，造那麼多難詞做什麼？人如果分成「小人、中人、大人、老人」不是很好記嗎？為什麼要分成「嬰兒、兒童、少年、青年、中年、壯年、老年」呢？真複雜。

——君偉

留

25 新同學

當老師帶著一個陌生的男孩走進來時，我們都興奮的說：「哇，是新同學。」

新同學穿著跟我們不一樣的衣服，頭抬得高高的，好像

不太理人的樣子。不曉得他是從哪裡轉來的？會不會玩「殭屍拳」？

老師叫大家要愛護新同學，可以趁下課時間，帶他到各處走走，認識環境。然後，他被安排坐在張志明旁邊，老師指定張志明當他的好朋友。

「好朋友」要負責讓新同學高高興興的和其他人做朋友，同時讓他喜歡新學校。張志明大概很滿意這個任務，每節下課，都帶著新同學到處跑。

沒多久，新同學就和我們玩在一塊兒了。他的「殭屍拳」很厲害，打敗好多人。不過，他老愛說：「以前我的學校，怎樣怎樣……」聽得人真難受。我們便努力的糾正他：「現在的學校更好。」

新同學說：「以前我的學校，門口有家店賣好吃的冰棒。」

王婷趕快說：「吃冰會拉肚子，越吃越渴。」我們也都趕快假裝很厭惡冰棒。

新同學又說：「以前我的學校，池塘那麼大。」他比了一個好大的圓圈。

李靜撇撇嘴說：「池塘的積水，最容易招來登革熱的蚊子。」

新同學還想往下講，張志明馬上拍拍他，神氣的說：「我們學校什麼都好，老師又溫柔又有學問，教室又大又漂亮，遊樂器材也很多。只有一件事很奇怪，就是校長，他好像把上下課的時間弄顛倒了。

我們趕快跟著附和：「對，對，我們學校樣樣都好，只有校長在朝會講話時，有些我們聽不懂。還有一次，他在朝會說我們二年九班教室太亂。」

新同學好像被我們說動了，也跟著生氣的說：

「真的？我回家一定要告訴爺爺。」

「對！請你爺爺幫我們換一個校長。」張志明大聲說。

新同學卻瞪大家一眼，更大聲的說：「我爺爺就是校長。」

留言板

媽媽說：「轉到爺爺的學校，一定要用功，不要丟爺爺的臉。」我才不想轉到爺爺的學校呢。

——新同學

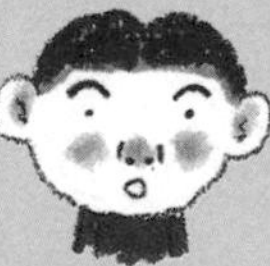

留

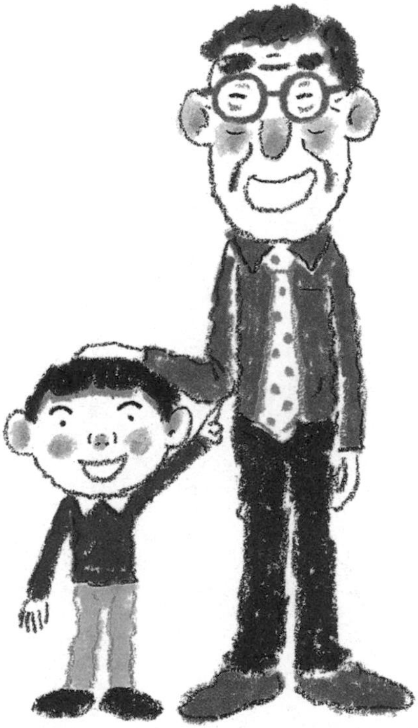

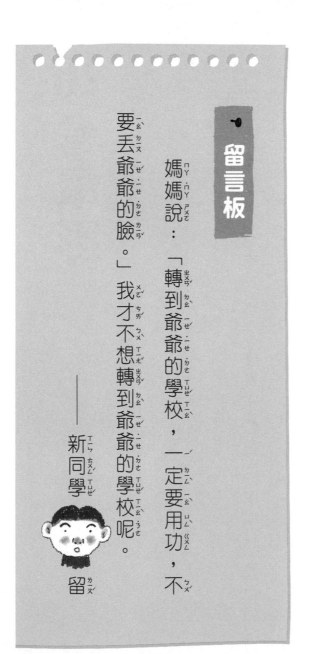

26 看電影

考試過後，老師說為了讓大家輕鬆一下，學校準備放映電影給小朋友欣賞，是很有趣的影片。

當學校廣播說：「二年級同學拿著椅子到活動中心集合」時，全班都樂得哇哇大叫。蕭名揚一手拿椅子，一手拿洋芋片，走到門口，馬上被老師攔下來。

「你以為是上電影院嗎？」老師不高興的問。

「我看電影都會帶很多零食。」蕭名揚說。

「如果每個人都像你，活動中心會被弄得很髒。」老師很嚴肅的告訴大家，「我們是欣賞電影，不是去野餐，不許帶食物進去。」我和張志明只好把糖果收進抽屜。

活動中心的窗戶全部拉上厚厚的簾子，裡面黑漆漆的。小朋友全鬧哄哄的問：「演什麼片子啊？」老師說放映的是《忍者龜大戰長毛兔》，大家

都興奮的等待著。

不一會兒，放映機的燈亮了，打在銀幕上。我們正好坐在機器前面，許多人都好奇的回頭看放映師怎麼「放」電影。張志明站了起來，不小心擋到鏡頭，結果銀幕上便出現一個大大的頭。張志明好得意，還舉起手玩「影子遊戲」，一下子是「小狗汪汪叫」，一下子是「蝴蝶飛飛飛」，惹得所有的人哈哈大笑。

我也想玩，可是才一舉起手，前面的學務主任便拿著麥克風說：「小朋友擋到鏡頭了，趕快坐下。」真可惜。

音樂響起了，大家直拍手。這是一部卡通電影，又緊張又逗趣。不過，王婷最討厭，她從頭到尾一直大聲的「預測劇情」：「等一下那隻白兔就死了。」、「忍者龜是假裝受傷的。」而且，每次都說對。老師請她閉上嘴巴，她就嘆了一口氣說：「我早就看過了。」

原來如此。

電影好看是好看，唯一缺點是太吵太熱了。林世

哲抱怨：「都沒有冷氣，不像在看電影。」蕭名揚補充說：「而且又不能吃洋芋片。」

回到教室，老師還要我們發表「欣賞電影的感想」，大家只好絞盡腦汁，拚命的想。

唉，老師不是說，為了讓我們「輕鬆一下」，才看電影的嗎？

留言板

學校舉辦的活動，都是具有教育意義的，不是讓你們鬧一鬧、玩一玩就算了。

——學務主任

留

27 教學觀摩

今天，老師走進教室以後，臉色一直很不好看。她說，有一個不幸的消息要告訴大家，下週三有許多老師要來看我們班上課，連校長、主任都會來。這叫「教學觀摩會」。

老師要表演教學給其他人看，怎麼會是「不幸」的事呢？不是只有偶像才有機會表演嗎？老師雖然不開心，我們倒是很興奮，準備到時候好好表現，讓全校老師知道，我們二年九班的學生是多麼不同凡響。

正式表演的前一天，老師說要「彩排」一下。她先把教學的流程說明一遍，然後提醒大家，某個時候她會問某個問題，到時候被指定作答的人一定要記得舉手。我被分配到的是「造句」，要負責造「一個一個……」的句子。

教學觀摩的日子終於來臨了。老師不但化了妝、戴耳環，還穿高跟鞋。她一直告訴我們：「不要緊張，等一下看到校長不要怕。」可是，她自己卻一直喝水，一直擦汗。

上課鈴響後，許多老師一個個走進教室後面。王婷趕快喊：「起立，敬禮，向後轉，敬禮。」我們一齊大聲說：「客人好。」抬起頭來，正好看見校長笑咪咪的坐在正中央，我開始有點緊張了。

老師打開課本，唸一段課文，然後在黑板上貼一張紙，問第一個問題。這時應該有六個人舉手，由陳珊珊回答。陳珊珊果然答得很好，我們便一齊拍手，一共要拍五下。

快輪到我了，我的心臟跳得好快，真怕等一下答不好。只是，輪到我舉起手時，老師不知怎的，居然沒有叫我起來回答，卻點了張志明，她一定是太緊張，記錯了。

張志明大概也被嚇壞了，一直「嗯……一個……嗯……一個……」說不出話來。坐在他前面的我，趕緊不斷的小聲提醒：「天黑了，我的家人一個一個回家了。」張志明終於聽懂了，大聲的說：「天黑了，我的爸爸一個一個回家了。」

他才說完，後面的老師便大笑起來。老師緊繃著的臉也忍不住展開來，強忍著笑問：「你的爸爸一個一個回家了？」

我們的「教學觀摩」很成功，讓觀眾看得滿臉笑容的離開。這都要感謝耳朵不靈的張志明。

留言板

其實我最會背九九乘法，希望下次「教學觀摩表演」時，我會被分配到背七的乘法。

——林世哲留

教學觀摩不是表演，而且謝天謝地，演過一次的人就免疫了。

——老師留

28 獎品

「哇！我又有一個『笑臉』了。」國語習作一發下來，我馬上發現這個好消息。

老師有一個「笑臉」的橡皮章，凡是有好表現，或者功課寫得好的，就可以得一個「笑臉」。每集滿五個笑臉，就換一張「頂呱呱」卡（就是一張紙，上面蓋了「頂呱呱」的章）；

再集滿五張「頂呱呱」卡，就可以換一件獎品。為了保持神祕，老師先不告訴我們獎品是什麼。所以，大家都努力的收集「笑臉」和「頂呱呱」，準備早日領到神祕獎品。

媽媽為了祝賀我這次數學小考得滿分，買了一打有香水味的鉛筆送我。不到一星期，鉛筆便被我用光了，應該說是「削」光了。因為爸爸新買的削鉛筆機很好玩，一有空我就「試削」，妹妹也要「試削」，所以，香水鉛筆不久便沒了。媽媽很不高興的說：「怎麼這麼不懂珍惜，太浪費了。」哎呀，只是幾枝鉛筆嘛。

妹妹一直吵著還要玩香水鉛筆。我只好告訴她，等我得到老師的神祕獎品，一定也借她玩一下，她才停止騷擾我。

終於，我集滿五張「頂呱呱」了。老師笑容滿面的拿著一個長形的紙包，在上課時頒獎給我。我故意裝作不在乎的樣子，順手放進抽屜。下課時，好多人圍在我旁邊，催我趕快揭曉。我慢慢的打開，一看，原來是一枝香水鉛筆。張志明說：「好香喔。」還要借去聞一聞。我一把搶過來，說：「不行，你們會把香味聞光。」他們就「哼」一聲罵了句「小氣」，便走開了。

不是我小氣，本來就是會聞光嘛。

老師送的香水鉛筆，雖然跟媽媽送的牌子一樣，可是，好像比較香。我拿回家向妹妹炫耀，妹妹高興的說：「太好了，

我要試削。」我立刻大吼一聲：「不行。這是老師送的獎品，不能削。」妹妹便哭著去廚房告狀。

媽媽勸我借妹妹削一下，可是，我卻捨不得。媽媽生氣的說：「上次我買了一打給你，你不是一下子就削光了？」

老師送的不一樣嘛。

留言板

哥哥抽屜裡有好多空白的簿子，都不肯給我拿來畫畫。

——君偉妹妹留

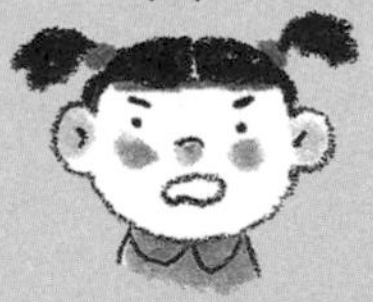

那是老師送的，上面有蓋「獎」，不准碰！

——君偉留

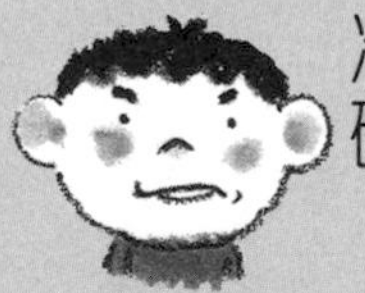

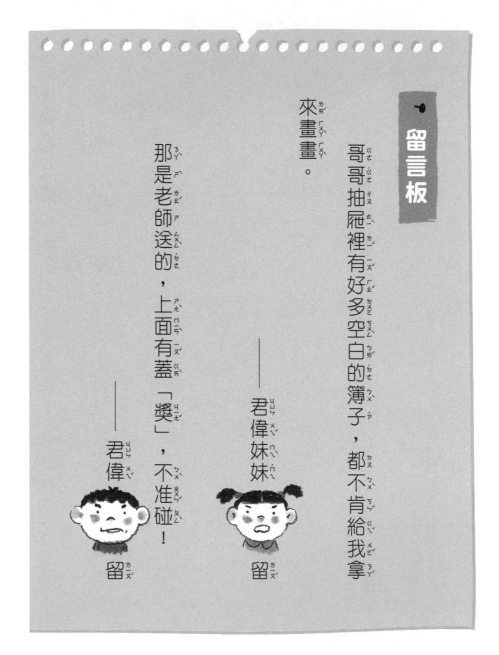

29 小心陌生人

現在的社會，越來越可怕了，這是老師和媽媽說的。為了對付這個「可怕」的社會，如果有陌生人找我們說話，一定要盡快離開，免得被他騙了。在校園裡，如果看見陌生人，還得趕快報告老師，說不定，他就是歹徒。

學校怕我們分不清「陌生人」或「來賓」，特別設計了兩種「識別證」；全校老師都要掛上一個黃色的名牌；來訪的客人，也要在警衛先生那裡登記，然後掛上一個藍色的牌子。所以，凡是在校園裡走動的大人，身上沒有掛黃色或藍色牌子的，就是可疑人物，要特別小心。

今天到校，張志明便神祕兮兮的對我說：「我剛剛在樓梯間看見一個沒掛牌子的男人，手上提著一個袋子，裡面說不定有凶器喔。」

真是可怕又刺激。我們趕快跑出去找那個有可能是「歹

徒」的人。遠遠的，我看見一個人在對面三樓，張志明馬上指著他說：「就是他，就是他。你看，他身上既沒掛牌子，又一直到處東張西望，一定是在找小朋友下手。」

真是太危險了，我們趕快鼓起勇氣，跑到學務處找老師報告。可是辦公室一個人也沒有，怎麼辦呢？「我們去找校長。」校長每天都很早到校，這時候他應該來了。

校長果然坐在校長室裡，我推了推張志明，他小聲的說：「報……報……告。」

校長抬起頭來，看了我們一眼，問：「你們是哪一班的？有什麼事嗎？」

「有一個壞人，在三樓。」我大膽的報告，然後又連忙補充：「他身上沒有掛牌子。」

「真的？」校長趕快走出來。那個人還在，而且正和小朋友說話。我指著對面三樓說：「就是他。」校長也嚇到了，說了一句：「哎呀，糟糕。」然

後就急急忙忙朝對面跑去。

「校長要去抓壞人了。我們趕快跟去看。」張志明拉著我，也往前跑。

校長氣喘吁吁的跑到那個人後面，大叫一聲：「您早，督學。」然後立刻和那個人握起手來。那個人說：「我故意提早到校，看看學校的晨間活動，沒有經過警衛室。」校長連忙說：「沒關係，沒關係。」

怎麼會沒關係？害我們虛驚一場。

留言板

我那天看見一個大人，留著鬍子，跟電視上的壞人很像。結果走近一看，他身上掛著黃色牌子，是老師呢。真是「人不可貌相」。

——君偉留

好人應該長得像好人，壞人要長得像壞人，這樣我們才容易分辨。

——張志明留

30 電視兒童

我發現媽媽和我越來越有「代溝」了，連老師也一樣。她們常常聽不懂我們說的話、做的事。我想，最主要的，一定是她們看電視看得不夠多。

比如：我們很喜歡在下課時，大聲唱一首歌，全班都會唱。而老師居然不知道這是最受歡迎的卡通主題曲。

上生活課時，老師問大家：「你們知道我們國家有哪些偉人嗎？」

我們想了想，回答：「周董周杰倫。」

老師卻說：「周杰倫是偶像，不算偉人啦。偉人必須對社會很有貢獻。」

可是周杰倫的歌很好聽，我覺得比我們的校歌好聽，對社會很有貢獻啊。

還有一次，媽媽生氣的罵我：「你不是說，今天會記得帶帽子回來嗎？」我只好承認：「今天又忘記了，明天一定會記得。」媽媽大聲的說：「真的，你發誓？」

我馬上問：「要發『天誓』還是『毒誓』？」媽媽好像聽不懂，瞪大眼睛問：「什麼天誓、毒誓？意思是什麼？」

媽媽真沒學問，電視上的人如果要發誓，不是「我對天發誓……」，就是「我發誓如果我再……，一定遭天打雷劈」。前一種叫「天誓」，後一種就叫「毒誓」。我向媽媽說明清楚後，再提醒她：「不過，大多數人都不願發毒誓喔！」

媽媽嘆了一口氣，捏捏我的耳朵，說：「我對天發誓，再也不讓你一天到晚看電視了。」

留言板

看電視可以增進許多知識，比如我就知道周杰倫從小便很會彈鋼琴。

——君偉留

我還知道周杰倫很聽他媽媽的話喔。我也有看電視。

——君偉媽媽留

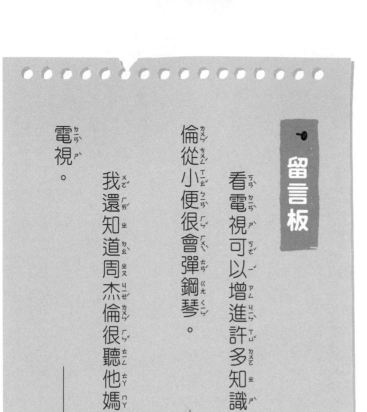

31 藝術

今天第三節上課時，老師帶我們到圖書室去。圖書室好大好靜，每個人選好自己愛看的書，把書插放好，就可以坐下來慢慢看。（注）

我正在看一本介紹獨角仙的書時，忽然聽到隔壁張志明和蕭名揚的笑聲，原來他們兩個正低頭看一

本好厚的書，裡面有許多張圖畫，畫的是沒穿衣服的女人。張志明小聲說：「好色喔。」蕭名揚則說：「這本書怎麼放在這裡？我們趕快去報告老師。」

老師看了看，笑著對我們說：「這是高更的畫冊，他是一位很有名的畫家。許多畫家都喜歡畫人的身體，因為他們覺得肌肉的線條很美。這是藝術，沒什麼不對，你們不要大驚小怪。」

老師還告訴大家：「以後如果看到這樣的畫，要懂得欣賞，看看它的色彩美不美，有沒有把肌膚畫得有彈性，不可以說好色，要做個有水準、有藝術氣質的人。」

下課時，張志明告訴我們：「我家隔壁賣檳榔的，最懂藝術了。他們家牆上貼滿了穿泳裝的女人照片。明天我帶你們去看。」回家後，我告訴爸爸，爸爸卻不讓我去。他說那不是藝術。

到底什麼才是藝術呢？我都被搞迷糊了。

注：「書插」通常為長方形，取書時將書插放在原來書的位置，閱後方便將書歸回原位。

留言板

我爸爸告訴我，很多看不懂的東西，其實就是藝術。

——王婷 留

老師出的數學題，我都看不懂，老師一定最懂藝術。

——張志明 留

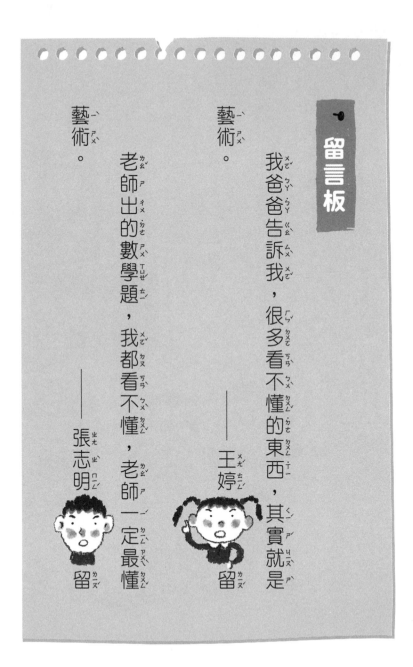

32 慢跑

每個星期五早上，升完旗，二年級的小朋友就得繞著操場跑兩圈。老師說這是為了要讓大家健康。

第一次跑的時候，大家都興奮得不得了，張志明一直說：「等一下我們來賽跑。」可是司令臺上的老師卻告訴我們：「要慢慢的跑，慢慢的呼吸，不可以跑太快。」

問題是，我們根本沒辦法「慢慢的跑」，只要老師說：「預備，跑！」大家就擠成一團，拚命的往前衝。整個操場充滿叫聲、哨子聲，滿天都是灰塵。我們越跑越快，越跑越喘，還有人被擠得摔倒。

司令臺上的老師還在喊：「跑慢一點。來，注意呼吸，慢慢呼，慢慢吸。」

我們卻好像一時管不住自己的腳了，操場上每一雙腳似乎都在開心的喊：「衝啊，衝啊！」

回到教室後，老師問排在後面的林世哲：「你為什麼要跑那麼快？」

林世哲嘟著嘴回答：「跑快一點才跟得上前面的同學呀。」

老師又問第一排的蕭名揚：「你幹麼跑那麼快？害後面跟不上。」

蕭名揚也嘟著嘴說：「後面的人一直追我呀。」

慢跑好困難喔，你有辦法叫一隻花豹慢慢的跑嗎？我想牠一定會扭傷。

留言板

我猜可能是校長跑得很慢，所以才叫大家慢跑。噓，不要告訴校長。

——林世哲

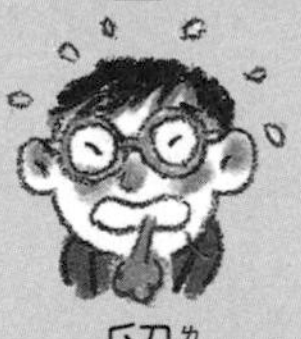

留

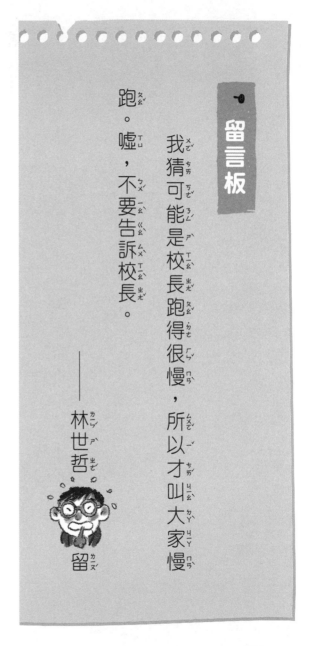

33 老師的衣服

我們的老師，雖然臉上長了青春痘，不過還是很漂亮，因為她都穿長長的裙子，很像公主。張志明也說：「對呀，二年十班的黃老師就不像公主，她每天都穿牛仔褲。」

老師有好多長裙，有時候還會戴項鍊。有一次，她戴了耳環，簡直像新娘子，我們都好喜歡。

老師如果穿新衣服來，我們就會說：「老師，您今天好漂亮，像仙女。」老師就會笑得很開心，順便講一個故事。我真希望老師能天天穿新衣服來學校。

有一天，蕭名揚發現，老師的襪子上有兩隻蝴蝶，蝴蝶的眼睛是兩顆亮晶晶的珠子，可能是鑽石。張志明則說，昨天老師的襪子是有條紋的，要很仔細看才看得出來。

老師真好，天天換新花樣讓我們欣賞。

體育表演會前一天，李靜對老師說：「明天好多爸爸媽媽要來，老師您最好穿禮服，一定很漂亮。」

老師笑了笑，說：「你們怎麼對我的服裝那麼有興趣？我又不是電影明星。」

電影明星有什麼了不起，他們會講〈五百頂帽子〉的故事嗎？他們會唱〈虎姑婆〉，還加上動作嗎？

留言板

今天上課時，我看見老師的鼻子又長出一顆青春痘了，紅色的。

——李靜 留

小朋友，上課時請專心看黑板，不要看老師的鼻子。

——老師 留

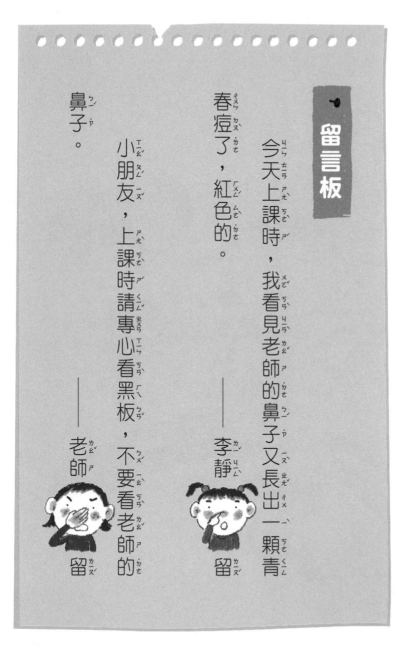

34 參加畢業典禮

我、李靜、王婷、張志明和蕭名揚，被派去參加學校附設幼兒園的畢業典禮。老師一再交代王婷和李靜好好看管我們，不要在「弟弟、妹妹」面前丟臉。

平時，我們是小學部的「小弟弟、小妹妹」，到了幼兒園，卻成了「大哥哥、大姐姐」。張志明特別興奮，他說：「等一下他們表演，一定會狀況百出，尤其是我老妹。」

原來，他的妹妹就是幼兒園的應屆畢業生，而且，還要上臺代表致詞。張志明一直擺出不屑一顧的樣子，說：「她剛掉了一顆大門牙，講話很好笑，一定丟臉。」

幼兒園小朋友實在太有趣了，上臺領獎，不是站錯位置，就是把獎品掉在地上。有一個還轉錯方向，和旁邊的人撞在一起，逗得我們哈哈大笑。

張志明笑得最大聲，直說：「這些幼兒園的小鬼，真可笑，好幼稚喔。」

輪到張志明的妹妹上臺說話了。她穿著一件白色的蓬蓬裙，像個小公主，慢慢的走到臺前，拿起麥克風，張開缺顆大門牙的嘴，嬌滴滴的說：「校長、園長、各位主任、各位老師。」

張志明故意對我們眨眨眼，小聲說：「她最愛現了，哼！」

小公主講到一半，卻突然忘了臺詞，站在臺上，捏著裙角，嘴巴一撇，就大聲哭出來了。蕭名揚忍不住摀著嘴笑出來。我回頭看張志明，正想告訴他：「哈哈，她果然大出洋相嘍。」卻只見張志明直挺挺的坐著，盯著臺上的妹妹。

然後，奇怪的事發生了，他抽了抽鼻子，居然跟著掉下一滴眼淚。

一個老師跑上去把他妹妹抱下來，她還是一直哭。

張志明突然衝過去，摟著她說：「不要哭，妹妹乖。哥哥在這裡。」

我們全都看得傻眼了，這一點也不像平時愛捉弄人的張志明啊。

我們默默的看著他們，一點也不想笑了。突然間，我開始有了當「大哥哥」的感覺。

留言板

一年級的教室在一樓，二年級在二樓，上學讀書，真是步步高升呢。

——君偉

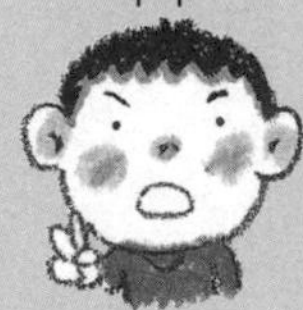

留

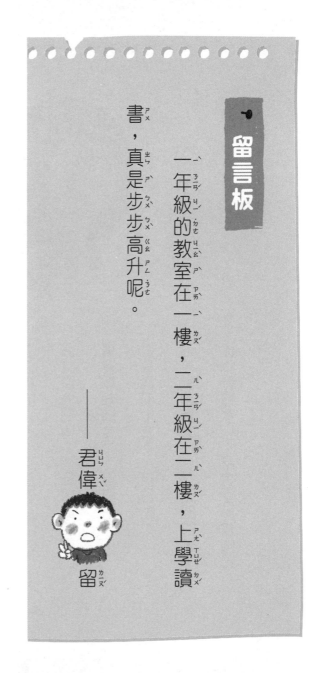

作者簡介
王淑芬

生日——很久很久以前的5月9日

出生地——臺灣臺南

小時候的志願——芭蕾舞明星

最喜歡做的事——閱讀好書，做手工書

最尊敬的人——正直善良的人

最喜歡的動物——貓咪與五歲小孩

最喜歡的顏色——黑與白

最喜歡的地方——自己家

最喜歡的音樂——女兒唱的歌

最喜歡的花——鬱金香與鳶尾花

畫者簡介

賴馬

1968年生，27歲那年出版第一本書《我變成一隻噴火龍了！》即獲得好評，從此成為專職的圖畫書及插畫創作者。
賴馬的圖畫書廣受小孩及家長的喜愛，每部作品都成為親子共讀的經典。獲獎無數，包括圖書界最高榮譽的兒童及少年圖書金鼎獎，更曾榮登華人百大暢銷作家第一名，是第一位獲此殊榮的本土兒童圖畫書創作者。
代表作品有：圖畫書《我變成一隻噴火龍了！》、《愛哭公主》、《生氣王子》、《勇敢小火車》、《早起的一天》、《帕拉帕拉山的妖怪》、《金太陽銀太陽》、《胖先生和高大個》、《猜一猜　我是誰？》、《慌張先生》、《最棒的禮物》、《朱瑞福的游泳課》、《我們班的新同學　斑傑明．馬利》、《我家附近的流浪狗》、《十二生肖的故事》、《一樣不一樣　斑傑明．馬利的找找遊戲書》、及《君偉上小學》系列插圖。（以上皆由親子天下出版）

君偉上小學2

二年級問題多

作者｜王淑芬
繪者｜賴馬

責任編輯｜許嘉諾、熊君君、江乃欣
特約編輯｜劉握瑜
封面設計｜丘山
電腦排版｜中原造像股份有限公司
行銷企劃｜林思妤

天下雜誌群創辦人｜殷允芃
董事長兼執行長｜何琦瑜
媒體暨產品事業群
總經理｜游玉雪　副總經理｜林彥傑
總編輯｜林欣靜
行銷總監｜林育菁　副總監｜李幼婷
版權主任｜何晨瑋、黃微真

出版者｜親子天下股份有限公司
地址｜臺北市 104 建國北路一段 96 號 4 樓
電話｜（02）2509-2800　傳真｜（02）2509-2462
網址｜www.parenting.com.tw
讀者服務專線｜（02）2662-0332　週一～週五：09:00~17:30
讀者服務傳真｜（02）2662-6048　客服信箱｜parenting@ cw.com.tw
法律顧問｜台英國際商務法律事務所・羅明通律師
製版印刷｜中原造像股份有限公司
總經銷｜大和圖書有限公司　電話：（02）8990-2588
出版日期｜2012 年 7 月第一版第一次印行
2023 年 3 月第二版第一次印行
2024 年 5 月第二版第二次印行

定價｜360 元
書號｜BKKC0052P
ISBN｜978-626-305-408-0（平裝）

訂購服務｜
親子天下 Shopping｜shopping.parenting.com.tw
海外・大量訂購｜parenting@cw.com.tw
書香花園｜台北市建國北路二段 6 巷 11 號　電話｜（02）2506-1635
劃撥帳號｜50331356 親子天下股份有限公司

國家圖書館出版品預行編目 (CIP) 資料

二年級問題多 / 王淑芬文；賴馬圖. -- 第二版. --
臺北市：親子天下股份有限公司，2023.03
184 面；19X19.5 公分. --（君偉上小學；2）
注音版
ISBN 978-626-305-408-0(平裝)

863.596　　111021919